# 삶의 정원

최 봉 희 시화집

❖ ㈜이화문화출판사

## 〈삶의 정원〉에서 그림으로 피어나고 시로 빚어지는 기도

봄 여름 가을 겨울
인생의 사계절을 그림으로 그려 낼 수 있는 것도
특별한 재능이고 선물인데 최봉희 화가님은
시의 언어로도 삶을 노래하시니
이중으로 축복받은 분임에 틀림없습니다.

날마다 새롭게
기도하는 마음으로
그림과 시로
우주를 끌어안고
집을 짓듯이
그물을 짜듯이 노력 해 온
창작의 열매가
또 한 번의 전시로 이어짐을
진심으로 축하드립니다.

앞으로도 계속
시와 그림의 세계에서
기쁘고 행복하시길
두 손 모읍니다.

늘 아름다운 꽃들을
아름답게 그리시는
가원님

주님께는 영광을
이웃에겐 기쁨 전하는
하얀 백합 한 송이로
피어나시길 바랍니다.

2022년 여름
부산 광안리 성베네딕도 수녀원에서

**이 해 인 수녀**

# 백합의 말

이 해 인 수녀

지금은
긴 말을
하고 싶지 않아요

당신을 만나
되살아 난
목숨의 향기

캄캄한 가슴 속엔
당신이 떨어뜨린
별 하나가 숨어살아요

당신의 부재조차
절망이 될 수 없는
나의 믿음을

승리의 향기로
피워올리면

흰 옷 입은
천사의 나팔소리

나는 오늘도
부활하는 꽃이에요

평화 41×32cm 캔버스 채색

| 목차 〈시〉

| 목차 〈그림〉

# 빛의 색채 자연 풍경

자연을 만나기 위한 절실함으로
길 따라
숨이 차오를 때까지 걷다가
가끔
허공을 올려다보면
하늘빛으로 물방울 튕기는
그림이 융단처럼 펼쳐지고
부드러운 풀잎의 낮은 속삭임
작은 들꽃들이 잰걸음 치듯
빛의 색채가 흐른다

쏟아지는 보랏빛 따스함이
캔버스 안으로
고스란히 업혀 들어오는
덧없이 충만해지는 자연의 풍경
회화의 숲에
잠시 머무른 마음만큼
신선한 바람만큼
미의식 흐름이 빚어주는
우주의 숨결을 담는다

풍성하여라  316×134cm  한지에 수묵담채

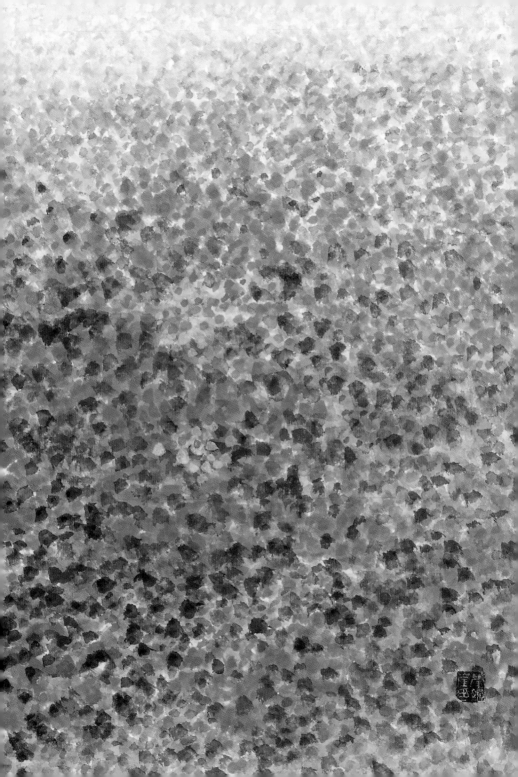

# 삶의 정원

무서리 내린 날
가시 품은
온몸을
맴도는 햇살에 말리고 있는
가을장미
언저리에서
고즈넉이 스며 나오는
그대의 향기
삶의 정원에서
따스한 체온으로
남아있으렴

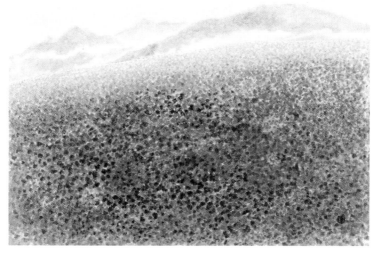

삶의 정원   78×48cm   한지에 수묵채색

# 작은집 하나 마음에 짓는다

아침을 깨우는 뜨락엔
잘 익어 벙긋한 석류
올올이 풀어져
새들의 날개깃 스치듯이
빛깔 고운 바람이 머무르고

두레박으로 퍼 올릴 수 있는
우물 같은
아주 조그마한 공간에
삶의 무게를 지닌 시간
속 깊은 항아리에 소복이 담아둔다면

문을 닫아도 존재하고 있는
참사랑의 꿈을 그리고픈
그런
작은 집 하나
내 마음에 짓는다

데이지 정원 78×48cm 한지에 수묵채색

# 따뜻한 날

온몸이 시려도
네가
빈 가슴으로 깊숙이 들어와 준다면
설빔을 곱게 차려입던
그날처럼
내 생애
제일
따뜻한 날이 되리라

# 쪽빛 바다에서

## 1. 피안彼岸의 바다

쪽빛 데리고 다니는
피안의 바다
부서져 메아리치는
파도
보채는 아이처럼 가슴을 파고들며
뒤척이다가
햇살이 안개 뚫고 나오듯
흰 포말泡沫 되어
모래톱 헤집으며
깊숙이 숨는다

## 2. 일몰의 바다

바닷물에
불꽃 같은 온몸을 던져버리니
황홀해진 수평선
노을 풀어놓으면
검푸른 파도 먹어버리고
붉은빛 물이랑에서
어둠에 멍이 들어
목이 쉬도록 황혼을 부른다

## 3. 꿈의 바다

차가운 바람에 옷깃 여미며
너그러운 쪽빛 바닷가에 서서
나목裸木 같았던 마음 한 자락
날숨으로 뿜어
썰물 등에 얹혀 보내고 나면
잠들지 못하는 숙명이지만
그리움의 무게를 짊어진 바다
몸부림치는 숙명의 파도
또다시 새벽을 잉태하는
꿈의 바다여

## 달빛 속의 매화

고운 달빛 아장걸음에
어여쁘게 눈을 뜨는
달빛 속의 매화
그 희디흰 숨결
애틋하게 보듬어 쓰다듬고
향기로운 꽃술
내 마음을 포개는
그리움이기에
화폭에 담을 수 있어
행복하네

달빛 속의 매화  41×32cm  캔버스 채색

# 붓끝에서는 회화의 숲이 머문다

초록 물감 흠뻑 머금은
붓을 들고
천천히 걷다가
모둠발로 뛰기도 하다가
가벼운 붓의 터치는 멈칫거리기도 하다가
한 잎 한 땀 정성 들여
선의 흔적을 더듬으며
초록 옷 입히니
가만히 지나가던 바람결에
이파리가 나풀거린다

초록 물들인 회화나무 화폭
빛의 들숨과 날숨으로
볕살이 가녘에 담담하게 그리면
붓끝에서는 회화의 숲이 머문다

매화 동산  160×130cm  한지에 수묵담채

# 다정한 숲

밤새도록 달빛에 구워진 솔잎
그 향기가

온몸에 스며든
이슬 머금은 솔방울이

어둠 속에서도 불 밝히는
기쁨 하나를 품고 있는

다정한 숲

숲으로  83×66cm  한지에 수묵담채

# 봄은 오고 있구나

생이 소리 숲길을 걷는 내내
평화롭게 들리는 새소리
비목나무 보리수나무 참빗살나무
나무초리들의
새싹 틔우려는 소리 들릴까
귀 기울여도 보고
언제나 거기 그 자리를
묵묵히 지키는 소나무 삼나무
어루만지며 기운생동을 깊이 느껴보네

꽃샘잎샘 견디며
피어오른 복수초꽃
어느새 햇살 손 꼭 붙잡으니
연초록빛 다사로운
봄은 오고 있구나

봄날에  56×39cm  한지에 수묵채색

# 행복을 누리는

긴 그리움이
날개 달고 깊숙이 들어온
긴 겨울밤

왼팔로 감싸 안고
오른손 안엔 너의 조막손
무릎 요람에서
눈 맞추며
귀하디 귀한 숨소리 들려주던
내 아들
존재만으로도
내 아들이라서
고스란히
참된 행복을 누렸었지

오늘 밤엔
아들 손 꼭 붙잡고
꽃주단 깔린
고운 꿈길을 걷고 싶어라

햇살따라서  49×37cm  캔버스 채색

# 파랑새 등에 업혀

아버지
한평생
대문 앞에 서서
늠름하게 지켜주신
이 딸의 소나무 뿌리입니다
어머니
그리움이 치마폭 사랑으로 물들여져
그대로 살아있는
다사롭고 간절한 고운 음성
보름달이 얹혀준 배꽃입니다

혹시나
물빛 하늘 구름에 앉아 계실까
아득히 먼 그곳으로
파랑새 등에 업혀
보고픈 보따리 풀어보았지만
사랑의 무게 자욱한 눈물이 됩니다

늘
봄 햇살로 지켜주신
아버지 어머니
그 빛을 품었던 가슴을 열어
넓고 깊은 사랑의 열매 한 묶음
심장을 빚어준 흙 한 줌
소복이 담아 덮어 드립니다

나빌레라  51×44cm  한지에 수묵채색

# 연가 戀歌

처음 만나던 날
평화로운 물빛으로 오셨습니다
참된 말씀의 사랑으로 보듬어 주셨습니다
사무치는 그리움은 자비로우신 사랑의 눈길로 주시고
햇살 머금고 새롭게 피어나는 봄꽃만큼
많은 축복을 주셨기에
자꾸만 눈물이 가만히 흐릅니다
살아있는 나날이 짧아진다는 것을 깨닫지 못해
괴로워하는 아린 마음을 도닥여 주시옵고
가랑잎처럼 숨을 쉬는 것도 겸허하게 하소서
입술이 부르틀 때까지 엎드려 경배드리며
한 줄기 빛의 연민으로 수많은 별만큼
마음에 평화가 넘치도록 찬양하게 하소서
따스한 음성으로 부르실 때까지
환하게 웃으며 드리는 아름다운 기도
주님 곁에서 십자가 껴안고 편안히 머물고 싶은 마음
설렘이며 기쁨입니다
이 또한 끝없는 목마름으로
물 한 그릇 대접하는 선을 행할 수 있다면
영혼 길 그곳까지
주님 사랑 꽃피우는 행복입니다

# Love song

The day first met

Came in peaceful water green

Hugged me with true love and true words

Gave merciful lovely eye for deep longing

Many blessings as Spring flowers newly blooming in sunshine

But tear drops slowly again and again

Blind to my time being shorter

Please recomfort a sore heart suffering

Let me humble even in breathing like a leaf

Let me face down and worship till chapped lips

With sympathy like a ray of light, as lots of stars

Let me praise till full of peace in mind

Till you read my name with a warm voice

Lovely praying with a big smile

Hope to stay comfort beside God, bearing my cross

It's excitement and happiness,

and endless thirst for

Let me good doing of serving a drink of water

Till the way for soul

Happy to flower God's love

# 가파도 加波島

가오리가 품고 있는 섬
가을파지도加乙波知島 더우섬 더위섬 더푸섬
불리는 이름마다 정겹다
봄빛은 나래를
한껏 펼치면서 환하게 웃고
새 풀 옷 입은 청보리
싱그러운 초록 물결 간드작거릴 때
현무암 사잇길로 사뿟이 걸으면서
잠시
청보리 부대끼는 소리
정담을 나눈다

코발트 빛 바다 건너
푸르스름한 산방산
아스라이 보이는 한라산으로
보리 내음 가득 담아
꽃바람에 실려 보내고 싶다

사잇길 127×70cm 한지에 수묵담채

# 가을 들녘

1
찬연하게 쏟아지는
가을빛을
마시면서 익어가는
들녘은
온몸을
파르르 떨며
곱게 물들이고

2
저처럼
초연한 빛깔이
어디에
또 있을까
옷깃을 여미듯
벅찬 가슴속에
차오름이여

3
가을 들녘에
저녁노을 내려와
땅거미 질 무렵까지
내 발걸음은
한동안
주춤거리며
맴돌고
맴돌고

4
단풍잎 타는 냄새
한 아름 안고
돌아가는 길
해거름
밥 짓는 냄새
이제
목마름 흠뻑 채우네

들녘에 들다  160×130cm  한지에 수묵담채

# 하얀 숨

달빛 옷 걸치고
달밤이 쓰다듬어
가득히 내린
별 바람을 느껴봐

만지면 툭 터질 것 같은
푸른 그리움이 활짝 열리게 되면
배꽃 같은 하얀 숨을 쉬면서
고요한 맘속에 곱게 꽃물 들여
꿈틀대며 부드럽게 다가오는
자연을 품어봐

꽃구름이 누워 있는
파란 꿈꾸며
물기 촉촉한 빛을 뿌리고 있듯
소소한 행복을 가져봐

구절초 동산  45×53cm  캔버스 채색

산벚꽃  53×45cm  캔버스 채색

# 산벚꽃

어둠을 밀어내고
소리 없이 피어오른
물안개 뒤란
꽃잎들의 도란거림
오롯이 열리는 세량지를 에워싼 산자락
풍요로움이 휘감아 도는
그곳에
가슴 떨리는 울림이 되어
숨이 멎을 만큼
황홀하게
벙글어진 산벚꽃

# 태초의 그리움

비목나무
함초롬히 돋아나온
연두색 어린잎
올벗나무
발그스름한 이파리
봄볕이 명주실처럼

호듯호듯 내릴 때마다
꿈틀거리며 피어오르는
새 생명의 숲
신비하고 서정적인
맑은 빛으로 남실거리는
태초의 그리움이네

# 나의 손등처럼 야위어진

언제
책갈피에 끼워 두었던 걸까

오랜만에 펼친 시집 속에서
푸름이 갈잎 색깔로 변해버린
네 잎 클로버 하나
긴 날을 잊고 지냈던
옛 친구를 만난 듯
기쁘고 반가웠다

나의 손등처럼 야위어진
네 잎 클로버
행여 바스러질까 봐
연민으로 쓰다듬어 보니
세포가 살아있는 듯
맑은 푸른빛이 아른거린다

또다시 내게 온 행운
따스한 가슴으로 품는다

# 봄물 따라

곱게 꽃물 들인
벚꽃 잎
시냇물에서 다시 피어
봄물 따라
아쉬운 듯
운명인 듯
유유히 흐르네

들국화 정원  78×48cm  한지에 수묵채색

# 마음의 길

숨이 차도록
걸어온 길
번번이
홀로 야위어 남겨지지만
그래도
걷다 보니
다붓한 손길이
슬며시 잡아주는
길 위에서
가뭇없이 사라질지라도
무심한 발걸음 소리라도
기다리리라
내 마음의 길을

# 빛을 터트리고

언제나 그러하였듯이
기쁨이 찾아들면
털썩 주저앉아
참꽃 가슴에 기대어 봐요

살빛 햇살이
맑게 닦아
애틋하게 피워
하염없이 빛을 터트리고

연두색 바람결에
멀미 나도록
봄 앓이 하는 내 마음에
가까워진 꽃들의 숨소리

# 푸른 손을 포개며

봄의 꽃묶음으로
연연히 퍼져있는
사월
고운 빛은
감미로운 설렘
쉼 없이 보듬어 주는
그들만의 아련한 사랑

풀빛 물든
들녘에 기대어
두렁길을 걸을 때
푸른 손을 포개며
깊숙이 스며들어
봄꽃들의 등을 다독이면서
좁은 길
담담히 걸어오는
사월의 순례자여!

풀빛 물들다 75×48cm 한지에 수묵담채

# 여름 단상

초여름 산딸나무
하얀 십자가 꽃이 필 무렵
햇빛은
푸른빛에 깊게 누워
바람의 손끝을 만지작거리네
         *
초원에
달빛 베고 누운
때죽나무 꽃잎
은하수길 열어
아주 작은 소리로 흐르는 사랑
         *
쌀 한 톨 맺힐
목숨을 풀어 핀 벼꽃 곁에
보풀꽃
짐짓 아무렇지도 않은 것처럼
별 하나로 뜨고
         *
마음에 하얀 기쁨들이 피어나는
은방울꽃처럼
삶이라는 종을 치는
한여름 땀방울 추억이
뒤뜰 댓잎에 그리움으로 울리리라

＊

힘찬 빗소리에
까치, 매미 솔숲에서
소리를 닫으면
매지구름 너울대는
한 뼘 옆에 여름을 두고

＊

끊임없이 들려오는 파도
해당화 향기 짙어지는
섬에 들러
살아가는 이야기
엎디어 배우고 싶네

여름, 기다림  56×39cm  캔버스 채색

## 너를 빚어

헛디뎠던 시어들

그토록 애태우더니

한 뼘 더 자라서
선연鮮姸하게
내 안에 들어온
너를 빚어
빈방을 채운다

화양계곡 암서재  75×48cm  한지에 수묵담채

# 까치노을

햇살이
발을 담그고 있는
산정 호수
파란 저고리에
주황빛 끝동을 달고
꼿발로 서서
까치노을 부여잡은
윤슬
빛으로 익힌
그리움이 타고 있네

# 주홍 꽃등

가녀린 줄기마다
그리움
소담히 달고 있는
능소화凌霄花

담장 밖으로 얼굴 내민
너
고운 님 발자국 소리
행여 들리려나
아껴두었던
주홍 꽃등 밝히고

보고 싶은 마음이
하도 많아서
두 손 뻗어 꼭 붙잡고
깊은 눈길 머물게 하는
온화하고 너그러운
사랑 꽃

능소화  41×32cm  캔버스 채색

# 벚꽃 엔딩

'그동안 수고 많았어'

정든 가지를 떠나온 벚꽃
서로를 위로하며
화려했었다고 속살거린다

냇물에
동그마니 앉아 있던
꽃잎은
노을빛으로 곱게 물들면서
노를 저어
서녘으로 기울고

내게 안겨준 기쁨을
다시 올 때까지
그대로 간직하라 한다

벚꽃 엔딩
마주 사랑!

# 그 꽃은 그곳에 두세요

새롭게 태어나는 봄꽃
풍성하게 열어 주는 여름꽃
잘 익혀 마무리하려는 가을꽃
포용하며 순결한 눈꽃
숨 쉴 때마다
새순 돋듯이 공기에 담아
소소하게 듦을 뿜어내는 삶
맨살이 되어도
소중함을 호흡하고
찬연한 빛 머물러 아름다우니
서로를 껴안으며 피는
그 꽃은 생명
그곳에 두세요

# 서릿가을

화려함이
차오르는가 했더니
보름달 그믐으로 이울 듯
홀홀히 털어 버리고

숲속의 새들도
들쭉나무 열매
둥지를 가득 채우는
서릿가을

서릿가을  160×130cm  한지에 수묵담채

# 당연한 것

바람의 끝이
살빛 하늘에 드리운
깊고 깊은 의미는
하루를 기다리는 것

쟁여 놓았던 인생
첫눈 내린 날의 설레임으로
애련하게 디디고
뿌리로 돌아가려는 것

먼저 손 내밀어
지평선에 남기고 싶은
그것은 대지의 그윽한 냄새
내 품 안의 생명

당연한 것

동강의 여름  160×130cm  한지에 수묵담채

# 봄바람을 입다

봄바람에 한껏 치장한
봄 꽃잎이
늘 그렇듯이
연분홍 끝동 달린 회장저고리를
내게 입힌다.

# 파리의 달

세느강 선상에서 바라본
슈퍼 문
강물 속에
몸을 담그고 있다

거대한 철근의 웅장함도
에펠탑을 휘감은
달빛을 이기지 못하고
한없이 작아져
머리 조아리며
벌거숭이 되는
대 자연의 이치
본능적으로 순응하고 있나니

파리 도심 속으로
성큼성큼 따라 들어와
호텔 창문을 온통 차지하고 있는
휘영청 밝은 달빛
오늘 밤은
단잠을 이루지 못하고
뒤척일 것 같다

화려한 행복  53×45cm  캔버스 채색

# 그리움

빈들
별빛에
언 손등
찬바람 스쳐 메마르고
시린 가슴이 떨군
눈물 한 방울이
속앓이 먹물이
툭
번진다

설악의 계곡  160×130cm  한지에 수묵담채

# 달빛, 그림 그리다

휴양림에 들어
수묵화로 걷고 있다

소나무 비집고
솔잎을 치다가
가끔
삼나무 우듬지에 앉아 있거나
구름 위에서 놀기도 하고
갈색 물들인
보리수나무 잎도 데리고 왔다

절물 오름 허리를 휘감아
달빛에 적당히 버무린 고요
뽀윰히 드리운
달빛은
자연의 눈빛을 그리고 있다

겨울, 기다림  57×40cm  한지에 수묵담채

# 여백

내 안에 떠 있는
흰 구름
낡은 일기장에 스며든 세월
담담히 익혀져
낯설지 않다
　　　*
때를 알고 피는
마가렛 꽃
수월할 수 있도록
깃털로 떠돌며 열매를 맺는다
　　　*
바람마저 하늘빛이 되는 날
조용히 언덕길 오르며
잘 닦인 넓은 마음으로
숨어서도 향기를 느끼고 싶은 날
그저
멍하니 하늘을 보니
여백에 장난치는 흰 구름
여백에서 들리는 숨소리
기다리는 설렘의 사랑이다

*

산 넘어온 바람 소리
눈을 감고 귀 기울여 들으며
간간이 추억만 생각해도
마음이 너그러워지니
홀로 듣는 음악
밤을 지새우며 읽은 책장을
조용히 덮는다

수줍음  50×37cm  캔버스 채색

# 어디쯤일까요

따스한 체온으로 생채기를 감싸주면서

한 마리 새가 되어 맴돌고 싶은데

아픔이 머물 곳은 어디쯤일까요

산너머  160×130cm  한지에 수묵담채

# 바람으로 잘 익은 길

심장 두드리는 소리에
길을 나섰다

어디까지인지
그냥
길에 무늬를 찍는다

저물어 가는
나를 흔들리지 않도록
인연의 끈으로 묶어 놓고
삶의 밭을
새롭게 만들면서

자연과 공존하는
발끝을 내려다 보며
바람으로 잘 익은
길 위에 서다

# 창窓을 열어 듣는 소리

간밤에
별들의 노래를 넌지시 들으며
밝음을 기다렸을
기쁨이 벅차오르는
희망찬 햇살 소리

창은
모든 행복을
살포시 데리고 와
고스란히 꿈을 꾸게 하고

저만치 창밖에 서 있는
나뭇잎 빛깔로
새의 날개인 듯 깃을 치며
처음인 듯 밝히는
나의 창을 열어 듣는 소리

가족　70×45cm　한지에 문인화

# 안개꽃

장미꽃 가시에
생채기가 생겨도
보듬어 주는 희생의 별꽃
카네이션 곁에서
겸손한 안개꽃
주는 사랑만으로
향기로운 들러리
그래도
받은 사랑이 있나 봐
뽀얀 꽃잎을
발그레 물들이네

# 목련꽃 지문의 문장

목련꽃 나뭇가지 마디마디
감싸 안고 있는 갈색 표피
꽃바람이 톡톡 건드리는
햇살 받은 손길
지문의 문장을 깨운다

기억의 풍경이
별들로 떠 있을 무렵
뽀얀 속살로 안뜰을 밝히려고
설레며 얼굴 내미는
눈부시게 따뜻한 꽃

새 생명 잉태한 하얀 숨결
맑은 영혼이 빚어준
흔들리지 않는 사랑 만들어
기쁨을 터트리며
몸 안의 길을 따라 목련꽃 핀다

# 생명의 불꽃

찬란하게 타오르는
생명의 불꽃
어둠 속에서도 온몸을 지키며
메아리치는
장엄한 불새
너의 존재라는 것을
불빛은 기억하리니
불길 속에서
불타는 별똥별로
뜨겁게 날아오르는
불새 꽃이여

불새꽃 41×32cm 캔버스 채색

# 바람길 들녘

내장산을 품고 굽이굽이 돌고 돌아
고향 가는 들녘
찰랑거리는 논물
줄지어 선 모포기
외로움 지켜주며 생명 나누고

냇가 너머 익어가는 보리밭
동네 들어가는 길
정다운 미루나무
손 흔들며 마중하는
바람길

미루나무 길
140×64cm  한지에 수묵담채

설레는 마음이 잠시 머무르니
볕 바른 마을 어귀에서
도란거리는 동무들 목소리가 가슴 언저리에 얹혀
별일 없이 잘 살았다는 안부를
한 초롱 밝혀주니

나 이곳에서
기쁨을 익혀 가네

# 파란 새벽을 타고

여명의 빛이
시나브로 들어와
눈꺼풀 어둠을 밀어내고
날개를 펴 자리 잡고 앉는다

실타래 풀릴 날만 기다리기엔
인내의 힘이 부족하여
막연한 생각에 견딤이라는 등짐 짊어지고
목마를 때마다 지혜의 맑은 물길 찾아서
맴돌았던 가파른 세월

어딘가에 답이 있을거라며
희망을 앞세워
빗방울 튕기는
파란 새벽을 타고
찬란한 그곳으로 노 저어가리

동강의 가을　160×130cm　한지에 수묵담채

# 한바탕 푸념

해종일
혼자 밥 먹을 생각하니
괜히 마음이 무겁고 서글퍼
하릴없이 서성거리다가
문득
아니지 이건 아니지
마음의 빗장 풀고
창문을 활짝 열어
솔솔바람이라도 데려와
밥상을 차리자

맛깔스러운 갓김치 초롱무김치
밥 한 사발 맛있게 먹고 나니
아하!
한바탕 푸념은
기쁨이 되었네

# 미닫이를 닫다

유난히 밝은 달빛 한 가닥이
뿌리내리며 차오르네

그냥 잊어버릴까
그래도 담아 둘까

고이 담아두어야 하는
빈자리가 필요하겠지
갈바람 따라
갈잎 타는 내음
빛으로 숨어들어온
그리움 하나

결 고운 옷깃을 여미며
자분자분한 마음으로
미닫이를 닫네

평창 강변마을  100×55cm  한지에 수묵담채

# 불의 숲

가을이 숨어서 빚어준
사랑을
흠뻑 머금은
불의 가슴이 있습니다

불의 영혼이 깃들어
온몸을 태우고 태워
다 타버려
까맣게 재가 되어 풀풀 날릴지라도

또다시
사랑의 미소가 번지는
불의 숲
생명이라는 끈이 있습니다

만추 103×60cm 한지에 수묵담채

# 기차여행

흙백의 뒤안길 더듬는 기차여행
차창으로 스며들어온 햇살이
향그런 들꽃의 흔적으로
빈 의자 등에 기대었다가
배시시 내 무릎을 베고 눕는다

어제 내가 그랬던 것처럼
또 다른 사람들과
어울렁더울렁 웃으며
편안하게 앉았던 의자에
잠시 지친 몸을 부려 놓는다

호남평야 들녘
백로들이 한가롭게 노니는 모습
흰 구름 캔버스에
맑은 동양화 한 폭이 그려지고
세월이 쌓인 한 생애가
아련한 연민으로 다가와
늘 찾던 행복을 안겨주니
마냥 좋다

내장산 물들인 애기단풍
아슬히 보듬는 어머니 품 같아서
정을 고봉으로 담아두고
서둘러 정읍역에서 내렸다

# 본연本然의 나를 찾아가는 여행

　시를 쓰고 싶다는 생각이 언제였었는지 기억을 더듬어 보니 가슴 안에서는 봄날에 새싹 움트듯이 자리 잡고 있었다. 언제나 가까운 책상에는 시집이 놓여 있었다. 마음이 심란하거나 무엇에 쫓기듯이 서성거리게 될 때 시를 읽다 보면 편안하게 누그러지고 아무 일 없었던 것처럼 정리되었었고 때로는 시인이 내 속마음을 들여다본 것 같아 깜짝 놀라기도 했다. 놀람의 체험을 통해 시를 접하게 되었다. 제일 먼저 쓰고 싶었던 시는 어머니라는 단어, 세월이 흐를수록 그리워지는 고향이었다.

　나는 오월이 오면 엄마가 보고 싶어서 그립다 못해 몸살을 앓는다. 내 나이가 이제 어머니 천국 가신 나이에 가까워지니 더더욱 서글픈 마음이 든다. 친정 가는 날이었다. 희미한 손전등 불빛이 보여 나는 혹시나 하고 엄마를 불러 보았다. 동구 밖까지 이 딸을 마중 나오신 어머니! 굽은 허리, 다리는 무릎이 아파서 절룩이고 숨이 차올라 헐떡이는 숨소리, 눈물이 핑 돌아 훌쩍이며 집에 계시지...엄마 손잡고 걸어가는 친정 가는 길! 여전히 딸내미 발등을 비춰주시는 손전등 불빛은 엄마 손길 같은 별들이 모여 은하수 수를 놓아 길을 밝힌다. 나는 엄마의 무릎베개 꿈을 봄꽃만큼 수없이 꾸며 시는 연분홍 끝동 달린 회장저고리를 입혀주는 내 어머니를 기억하는 탯줄로 이어져 새 생명으로 태어났다.

봄, 가을이면 스케치 여행을 떠난다.

자연의 낮은 속삭임은 나무가 되고 바람이 되어 생동하는 그림만의 영역이며 공간의 표현이다. 숲을 산책하듯 숨을 쉬고 화두를 찾아가는 과정이며 본질을 찾아가는 여정의 존재이다. 자연과 동화되었을 때 만물이 아름답다고 생각한다. 스케치북을 들고 들녘을 걸어가다가 그림 소재가 될만한 시골 동네가 보이면 들어가 돌담 안뜰의 따뜻한 정 그리고 소통하고 있는 자연의 아름다움을 담는다. 뒤란의 감나무, 매화꽃이 수북이 앉아 숨 쉬고 있는 장독대, 두 눈에 깊숙이 들어와 목마름 축인다. 동네 한 바퀴 휘돌아 길모퉁이 보듬을 즈음 뒷동산에 올라서면 마을을 지키며 듬직하게 세월을 짊어지고 있는 소나무 향기도 화첩에 옮겨 심는다. 열심히 사진을 찍는 화가님들은 여기서 작품 하나 나왔으면 좋겠다 하시며 열정이 대단하시다. 가다가 배고프면 맛있는 시골 밥상 집에서 배를 채우고 덤으로 맑은 공기 반찬을 더욱더 맛있게 먹는다. 특히 성주 한개민속마을 진사댁으로 민박할 수 있어서 자정이 다 되어 김치찌개와 쌀밥을 달빛에 버무려 먹었던 기억은 잊을 수 없는 만찬이었다. 밑반찬을 챙겨주시던 종갓집 종손의 따뜻한 손길이 지금도 온기로 남아있는 느낌이다. 토방 댓돌에 나란히 놓인 등산화도 달빛을 안고 편안한 잠이 들고 우리는 따뜻한 아랫목에 몸을 맡기며 단꿈을 꾸었다. 여명과 함께 안개꽃이 피어오르는 이른 아침 공기의 맛은 다디단 사탕을 입안 가득 오물거리게 했다.

사람을 만나 하나의 마음으로 여행한다는 것은 이해와 배려, 서로 존중하며 사랑한다면 끈끈한 정으로 이어지는 삶을 배우게 되었다. 이곳저곳 스케치하다 보면 그림의 소재가 없어도 불평하지 않으시는 화가님들을 가장 존경하는 나의 추억이 되었다. 함께 그림을 전시하는 인사동 갤러리에서 화합의 장이 열릴 때마다 기쁨이 충만하여 환희에 찬 보람을 느낀다.

　그래서인지 나의 시와 그림 속에는 생명으로 가득 찬 자연에 심취되어있는 꽃, 풍경, 색깔에 대한 표현이 많이 등장하는 것을 느끼게 된다. 자연과 교감하면서 동적이며 정적인 그림을 표현하고 싶은 이유는 자연의 낮은 속삭임에도 나와 소통하는 색채가 흐르기 때문이다. 그리운 꿈과 사랑으로 가득 찬 회화의 정원을 캔버스에 옮겨 담는다. 언제나 감성이 사라지지 않기를 바라는 마음을 간직하며 끊임없이 노력하고 싶다. 찾아 헤매는 시가 아니라 내게로 안기는 시를 쓰고 싶은 마음이다. 쑥을 뜯어 끓인 시원한 된장국 맛처럼 그냥 좋은 시의 맛을 보며 행복한 노래를 부를 수 있기를 소망한다. 나의 삶이 의미하는 존재성을 찾아 신뢰의 꽃을 피우는 날들이기를 언제나 품고 살아가고 싶다 움츠렸던 온몸이 빛의 격려로 환하게 피어오르는 봄꽃들처럼 내게 주어진 날들이 언제까지일는지 알 수 없지만 그래도 아침이 되면 일어날 수 있고 먹을 수 있으며 걸을 수 있으니 더 내려놓고 흐름에 나를 맡긴다면 고마움과 감사함이 공존하는 나의 삶이 마지막 희망이 될 것이다. 때로는 내 마음속에 침묵의 흔들림이 있기도 가랑잎 위에 떠 있는 느낌이 들 때도 있다 하지만 그래도 우주를 향해 나갈 수 있다는 용기와 끈기를 바탕으로 본연의 나를 찾아가는 여행길은 곧 늙어가고 있음의 당당함을 곧 빛이 내려준 인연의 끈으로 이 길 끝까지 행복하게 가는 것이리라.

세 번째 내는 시집이다. 온통 드러나는 나, 어린 시절 술래잡기하듯이 어디론가 숨고 싶은 심정이기도 하였지만 흔들리는 시의 뿌리를 더 깊숙이 심어 주는 작업은 어쩌면 겪어야 할 운명인 것 같았다. 엉킨 실타래의 틀을 벗어나고자 몸부림쳐 보기도 하였다. 때로는 열이 나는 몸살의 아픔보다도 마음이 더욱더 아리기도 하였다. 문밖으로 내보내는 것이 부끄럽지만 마음을 가릴 수 없는 그리움으로 감히 청해 본다. 시와 그림을 감싸 안을 수 있어서 행복했었고 정성을 다하여 가슴으로 준비하는 화가, 시인이 되겠다는 다짐을 해 본다. 다다르는 땅에 긍정적으로 잉태되어 집을 짓는 민들레 홀씨처럼 자존감의 짐을 짊어지고 최선을 다하리라.

곱게 익힌 시 한 편은 삶을 찬미하고 감사하는 마음으로 살아가는 것이기에 독자들에게 정겨움을 휘감아 채워주는 감사와 향기로운 사랑을 드리며 다함 없는 기쁨을 안으시고 행복하시기를 기원하며 마무리한다.

2022년 여름

가원 **최 봉 희**

# Trip to seek my nature

Going back in my memory to find the time when I wish to write a poem, I came to be aware buds in Spring in my heart. There has been always a book of poems on the table nearby. Whenever I feel like perturbed and hang about as if pressed by something, reading a poem makes me comfortably calm and in order and sometimes I bat an eyelid to know the poet sees through my mind. I came across poems with wonder. The first poem I would like to write was the word of mother that is my home longing for as time goes by.

When May comes, I ache all over, missing my mother. I become sad much more as my age getting closer to mother in heaven.

On the way to mother's home, I found a dim torchlight and called "Mother", to be sure. Bent with age, walking lamely for knee pain and out of breath… she came out to the outskirts of a village to meet her daughter. "You should have stayed at home.", I teared up and was whimpering. Walking hand in hand to my home, mother lighted up my feet with a dim torchlight and it illuminated the road with the Milky Way of stars.

Dreaming of resting my head on her lap as many times as the Spring flowers, a poem comes into being as a new life connected to the umbilical cord with memory of mother who helped me on an ornamented jacket with pale pink sleeve.

I usually take to the road for a travel sketch in Spring and Autumn.
A low whisper of the nature turns to a breeze and a tree, and is a vibrant field of painting, and becomes the expression of space. The travel is to breathe in the woods, to look for a topic and to seek my inscape. All things are lovely when assimilated with the nature. Walking in the field with sketch book and finding out a rural town good for painting materials, I visit the town and put the warm heart inside the garden over a stone wall and the interacting beauty of nature. Persimmon tree in a backyard and platform of breathing crocks under a carpet of Ume blossoms enters deep into eyes and wet my lips. Standing on a hill after going around the town and at street corner, I found pine trees that are guard of town and shoulder the burden of time. And the scent of pines transplanted on a sketchbook. Painters were diligently taking pictures and passionate with hope to pick up even a single piece. When felt hungry on the way, we stopped by a rural eatery. We filled the stomach and threw in the fresh air as a side dish. Especially, it is unforgettable memory to have a late banquet in old house for a night, Hangae, Seongju at around midnight and to be served with mixing of Kimchi stew and boiled rice with moon light. I still feel a warm hand of grandson serving some more side dishes. The hiking boots alongside on a foot stone in earth floor fell asleep comfortably holding a moon light, and we placed ourselves on the warm spot and had sweet dreams.

The taste of air in the misty morning at dawn was sweet of a mouth full candy.

I learn about life from meeting people, traveling together and being like-minded. Understanding, consideration and respect lead to close attachment and love. It is my respectable remembrancer the painters never grumbled at lack of subject matters in a sketch tour. I'm full of joy and worthwhile to be with them at a place of harmony for the joint exhibition at Insa-dong gallery.

So, it is recognized that there are many appearances of flowers, landscape and colors fascinated by nature full of lives in my poems and paintings. I would like to create a picture of stillness and movement communing with nature, because of the colors in low whisper of the nature communicating with myself. The garden of paintings full of remining dreams and loves is transferred onto canvas. I would struggle constantly with hope not to lose the sensibility. I would write a poem coming into my heart, rather than searching everywhere for a poem. I hope to sing a happy song, tasting a good poem like a bean paste soup just cooked with mug wort from the field. I would live with always holding it in mind the hope that my life is the days of chasing meaningful existence and coming to fruition of faith. Although I'm not aware until when my time is allowed, but I am able to wake up in the morning, eat and walk, it would be my last wish of life to live thankfully if I let myself flow like spring blossoms brightly stretching from crouching encouraged by light. Sometimes I feel silent disturbance in mind and sense of floating leaves on water. But the trip to seek my nature will happily go on to the end of the road, having courage to venture forth into space and patience, being dignified with the fact that I'm getting old and believing the string of fate given by the light.

This is the third collection of poems and paintings of mine. Although I feel totally exposed and want to hide somewhere like playing hide-and-seek in my childhood, perhaps it may be my destiny to plant a wavering poem being deep-rooted.

Sometimes I was struggling to escape from a knotted skein of yarn and felt heartsore more than the fever and body aches. I'm a bit shy to let them out of the door but dare to ask them out for telltale longing. It was happiness to hold poems and paintings in my arms, and I pledge the painter and poet who continues artworks with all my heart. I'll shoulder a burden of self-esteem and do the best as if dandelion spore reaching a ground, conceived on earth and build a home.

A well grown piece of poem gives a life of thankful heart and singing praise of life, so I complete my words with best wishes of happiness, warm gratitude and a sweet love to the readers.

In Summer, 2022
Gawon, Choi Bong-Hee

최봉희 시화집

# 삶의 정원

인　　쇄 | 2022년 7월 7일
발　　행 | 2022년 7월 15일

글·그림 | 최 봉 희

영문번역 | 여 동 일

제 작 처 | ㈜이화문화출판사
　　　　　등록번호 | 제300-2015-92호
　　　　　주　　소 | 서울시 종로구 인사동길 12 대일빌딩 310호
　　　　　전　　화 | 02-732-7091〜3 (구입문의)

ISBN  979-11-5547-526-3

정가 10,000원